José Juan

y el

monstruo Ysi

Michelle Nelson-Schmidt

Kané Miller
A DIVISION OF EDC PUBLISHING

A mis increíbles padres, Mike y Sylvia,
que siempre me animaron a ser yo misma
a pesar de sus preocupaciones y de sus "y si".

First American Spanish Language Edition 2019

Text and illustrations copyright © Michelle Nelson-Schmidt 2012
Spanish translation by Ana Galán

First published in English under the title "Jonathan James and the Whatif Monster"
in 2012 by Kane Miller Books

For information contact:
Kane Miller, A Division of EDC Publishing
PO Box 470663
Tulsa, OK 74147-0663
www.kanemiller.com
www.usbornebooksandmore.com
www.edcpub.com

Library of Congress Control Number: 2018947221

Manufactured by Regent Publishing Services, Hong Kong
Printed December 2018 in ShenZhen, Guangdong, China

ISBN: 978-1-61067-924-4
1 2 3 4 5 6 7 8 9 10

Los monstruos Ysi aparecen de repente.
Te llenan de dudas y se meten en tu mente.

Son traviesos, silenciosos y rápidos como un rayo.
Te susurran palabras que te pueden hacer daño.

José Juan los oyó y estaba muy asustado
porque todos los "y si" se quedaron a su lado.

¿Y si te caes
y te lastimas?
¿Y si te raspas
en la rodilla?

¿Y si se ríen?
¿Y si está fría?
¿Y si tú acabas
patas arriba?

¿Y si es difícil?
¿Y si eres malo?
¿Y si se burlan
porque has fallado?

¿Y si es muy feo? ¿Si es horroroso?
¿Si todos piensan que es espantoso?

¿Y si está malo y no te gusta?
¿Y si tu mamá te echa la culpa?

¿Si está oscuro y no lo veo?
¿Y si es peludo y te da miedo?

¡Carrera
SA...

¿Y si te cansas? ¿Y si no llegas?
¿Y si eres lento en la carrera?

¿Y si no quiere estar contigo?
¿Si le pareces muy aburrido?

—¡Espera, Ysi! Ya no digas más.
Escúchame a mí —dice José Juan—.
Tú siempre estás muy preocupado,
y puede que estés equivocado.

¿Y si al subirme tengo cuidado
y no me caigo ni me hago daño?

¿Si salto al agua y no lo hago mal?
¿Si todos piensan que soy genial?

¿Y si el béisbol es divertido
y hago una carrera para mi equipo?

¿Y si lo ponen en un gran marco
y gano un premio con mi retrato?

¿Y si hoy la pruebo
y está muy rica?
¿Y si me gusta
más que la pizza?

¿Y si hoy yo corro
en la carrera?
¿Si me divierto,
gane o pierda?

¿Y si al dormirme
tengo un buen sueño?
¿Y si este monstruo
es bueno y tierno?

¿Y si jugamos y es divertida?

¿Y si hoy conozco a una gran amiga?